Ernst Jandl

Sprechblasen

Mit einem Nachwort des Autors:
»Autobiographische Ansätze«

Philipp Reclam jun. Stuttgart

Universal-Bibliothek Nr. 9940

Gesamtherstellung: Reclam, Ditzingen. Printed in Germany 1988

ISBN 3-15-009940-4

vorwort

1

der baum ist kunstvoll
und alles in der luft
zugleich. von weitem
erhebt natur den schatten.
luftig in der hand schwindet
die schwarze tiefe. noch unvertrieben
kommt die erwähnte
kurze kurze zeit.
schnee und reif
sind eng genug dazu.
horch! die kirschen
enthüllt er gelassen.

2

verhaftet
in diesem haufen stein
blickt er
aus strahlen
nach norden.
an kopf und kinn
die sterne des himmels
flogen tief
aus genieteten augen.
etwas ist
der käfer.
ein feuerball.
dreißigtausend
gebar
ein sandkorn.

3

rascher, kleiner: das
ist ordnung und
verstaubt.

weiter
umschweben
die breitschultrigen straßen
grat und boot.

wurzelfest gebrannt,
den schnabel steil,
krächzen
zahlen.

ein fremdes schleift
hinter den blitzen her.

die wolle
frischer geschlechter
ist angepaßt.

nur nur
nur nur
nur nur
nur nur
nur nur
nur nur
nur nur
nur nur
nur nur
nur nur
nur nur
nur nur
nur nur
nur nur
nur nur
nur nur
nur nur
nur nur
nur nur
nur nur
nur nur
nur nur
nur nur
nur nur
nur nur
nur nur
nur nur
nur nur
nur nur
nur nur
nur nur
nur nur
nur nur
nur nur
nur nur
nur nur
nur nur
nur nur
nur nur
nur nur
nur nur
nur nur

schwör
schwör
schwör
schwör

schwör
schwör
schwör
schwör

schwör
schwör
schwör
schwör

beschwören
beschwören
beschwörde

schwere
            steine
                        schwere
                                    steine
schwere stöhne schwere stöhne
schwöre steine schwöre steine
schwere stöhne schwere stöhne
schwöre
            stöhne
                        schwöre
                                    stöhne

banner und grauen des deutschen volkes

banner und grauen des deutschen volkes

banner und grauen des deutschen volkes

banner und grauen des deutschen volkes

banner und grauen des deutschen volkes

1944	1945
krieg	krieg
krieg	krieg
krieg	krieg
krieg	krieg
krieg	mai
krieg	
krieg	
krieg	
krieg	
krieg	
krieg	
krieg	

(markierung einer wende)

perfektion

e
ee
eei
eeio

p
pr
prf
prfk
prfkt
prfktn

ep
eepr
eeiprf
eeioprfk
eeioprfkt
eeioprfktn

pe
pree
prfeei
prfkeeio
prfkteeio
prfktneeio

prfkteneio
prfketneio
prfektneio
prefktneio
perfktneio

perfktenio
perfketnio
perfektnio

perfektino
perfektion

e) gegen sechs gehen mehrere mehreren entgegen
gegen zehn stehen mehrere neben mehreren
gegen elf sehen mehrere mehrere stehen
gegen sechs sprechen mehrere gegen mehrere
gegen zehn helfen mehrere mehreren gegen mehrere
gegen elf helfen mehrere mehreren weg
gegen sechs gehen mehrere mehreren entgegen

e) erregendes erregt erregendes
erregtes erregendes erregt erregendes
erregtes erregendes steht erregtem erregenden entgegen
erregtes geht gegen erregtes
versteckendes erregtes bettet steckendes bewegtes erregtes
klebendes wechselt versteckende steckende erregte bewegte
gebettete

e) jeder kennt ehen
neben ehen kennt jeder ehen
neben ehen kennt jeder ehen neben ehen
ehen entstehen eben
ehen entstehen neben ehen
ehen neben ehen entstehen eben neben ehen
ehen geben leben
leben entsteht
leben entsteht nebenher
leben entsteht neben ehen
leben entsteht eben

e) schweres hebt schweres schwerem entgegen
wege legen wege neben wegen weg
lebendes dreht lebendes lebendem entgegen
gestrecktes streckt gestrecktes gestrecktem entgegen
quellen entquellen quellen neben quellen
stellen stellen stellen neben stellen weg
helles bellt hell hellem entgegen
festes preßt festes neben festem fest

e) stehendes sehendes entdeckt bewegtes vergehendes
entdecktes bewegtes vergehendes weckt rettendes
bewegtes vergehendes bewegt rettendes gegen entdecktes bewegtes
bewegtes rettendes streckt rettendes gegen entdecktes bewegtes
rettendes stemmt gerettet werdendes gegen rettendes festes
rettendes festes bettet gerettetes

e) schweden schweden
schweden schweden jeden
schweden schweden jeden berg
schweden nennen jeden berg schwedenberg
schweden nennen jedes messer schwedenmesser
schweden essen messer

e) bettler steht neben bettler
bettler sehen gegebenem entgegen
sehende gehende sehen bettler neben bettler stehen
sehende bettler sehen gehende neben gehenden gehen
bettler sehende gehende entgehen gesehenen bettlern
bettler sehende gehende geben gesehenen bettlern
bettler nehmen gegebenes entgegen
sehende bettler sehen gegebenes
bettler stecken gegebenes weg
bettler sehen gegebenem entgegen

e) henker messen schwebende hemden
gefesselte dehnen bemessene strecken
henker berechnen bequeme brechstellen
gefesselte essen enge fenster leer
henker sehen gefesselte zerbrechende stege flechten
gefesselte zertreten erbetene erdbeben
henker entfernen letzte sehflecken
gefesselte essen zerquetschte kehlen

e) peter preßte den weg eng gegen den berg
der nebel preßte den berg eben
peter bewegte schwere hebel
es regnete sehr
jedes begegnen endete
der weg setzte rechen entgegen
peter stemmte meter gegen meter
jedes heben drehte peter gegen felsen
strenge ecken setzten messer entgegen
er steckte fest
er wetterte gegen den nebel
er stellte leere erde fest
er entdeckte den schrecken
er schmeckte jede strecke des endes
er ersehnte gelbe bettdecken
entlegene sessel neckten peter
der nebel des endes senkte den schweren hebel
peter scheffelte gesehenes
der endende nebel preßte den weg gegen den berg
peter begegnete dem betretenen weg
er lehnte den schrecken gegen den felsen
jetzt kennt peter den berg

st
und
en
und
st
und
en
und
st
und
en
und
st
und
en

vier variationen über ein gedicht von reinhard döhl

erste variation: sieben angeklagte

nummer eins	vertrieb sich
	die zeit
	mit diesem und jenem
nummer zwei	verbrachte
	die auf erden ihm gegeben war
	die zeit
nummer drei	verging
	mit ihr um
	die wette
nummer vier	ging auch dahin
nummer fünf	
	und verging
	im handumdrehen
	hiermit und damit
nummer sechs	
	so
nummer sieben	
	und
	zum zeitvertreib

zweite variation: die sieben punkte der anklage

punkt eins	vertrieb sich
	die zeit
	mit diesem und jenem
punkt zwei	verbrachte
	die auf erden ihm gegeben war
	die zeit
punkt drei	verging
	mit ihr um
	die wette

punkt vier ging auch dahin

punkt fünf und verging
im handumdrehen
hiermit und damit

punkt sechs so

punkt sieben und
zum zeitvertreib

dritte variation: wie die sieben verurteilten für ihre
vergehen büßten

nummer eins vertrieb sich
die zeit
mit diesem und jenem
nummer zwei verbrachte
die auf erden ihm gegeben war
die zeit
nummer drei verging
mit ihr um
die wette
nummer vier ging auch dahin
nummer fünf
und verging
im handumdrehen
hiermit und damit
nummer sechs so
nummer sieben
und
zum zeitvertreib

vierte variation: führungszeugnis

vertrieb sich
die zeit
mit diesem und jenem
verbrachte
die auf erden ihm gegeben war
die zeit
verging
mit ihr um
die wette
ging auch dahin
und verging
im handumdrehen
hiermit und damit
so
und
zum zeitvertreib

(teilvariation: druckfehler

die zeit
verging
mit ihm um
die wette)

martyrium petri

fuß fuß

knie knie

mann

linke rechte

kinn

auge auge

eu   eu   eu
reu   reu   reu
kreu   kreu   kreu
   z   z   z
reu   reu   reu
   z   z
eu   eu   eu
   z
kreu   kreu   kreu
   z   z   z
reu   reu
   z   z   z
eu
   z   z   z
kreu   kreu   kreu
reu   reu   reu
eu   eu   eu

lateinisches gedicht

für friederike mayröcker

i
unterhalb
der zur linken liegt
so tief hinab
an einen punkt unterhalb
tiefer als
emporrücken
nachstehend

ii
erregen
angreifen
stammeln
sehr jung
unruhig
bedrohlich
höllendunkel
hineinstopfen

iii
der unterste teil
an der wurzel
hineinbringen
gezückt
zu hoch
zu tief
ins grab tragen
liegeordnung

iv
der niedrigste
der geringste
der schlechteste
styx

aufsieden
aus der tiefe der brust
der tiefe des herzens
renovare dolorem

v

bis zur rechten
bis zur linken
bis zum auge
tief hinab
baum
ohne früchte
galgen
so tief hinab

vi

hydra
inferno
opferwein
dem unglücksvogel
stürzen
ohne zustande gebracht zu haben
ohne zu beenden
silberbarren

vii

die wurzeln der hörner
sinkt ganz unter
brach einen streit vom zaun
sinkt ganz unter
das verlegene stammeln der scham
sinkt ganz unter
aufs pferd setzen
pluto

bethlehem

raus aber hinaus aber gewesen: rot
horn und horn – grau
ohr und ohr aus
dem mann in die frau sind

badet der seefahrer sein erstes
zwillingshorn zwillingsohr aug in aug
stütz dich auf den stab hab
hörner auf

wie die kuh du
dame ohne unterleib
gefangen im stall zu bethlehem fangend ein
gottes dem mann in die frau sind

kind

zur erinnerung an meinen
großvater dereinarmer
offiziergewesen

de
zember
schultertmich

aufinsaufinsaufinsauf

ihn
den wein der
     wei

hnacht

reihe

eis
zweig
dreist
vieh
füllf
ächz
silben
ach
neu
zink

erfolg beim dritten versuch

<table>
<tr><td rowspan="2">er versucht</td><td>sich</td><td>durch</td><td>den</td><td rowspan="2">jakopfgen</td></tr>
<tr><td>eine</td><td>kugel</td><td>zu</td></tr>
<tr><td rowspan="2">er versucht</td><td>sich</td><td>durch</td><td>den</td><td rowspan="2">jkaogpefn</td></tr>
<tr><td>eine</td><td>kugel</td><td>zu</td></tr>
<tr><td rowspan="2">er jagt</td><td>sich</td><td>eine</td><td rowspan="2" colspan="2">kkuogpefl</td></tr>
<tr><td>durch</td><td>den</td></tr>
</table>

2 briefe

her
zornig
hohn
ohne träne
ignaz.

halb
im halb
immer helf
ida
o.

redensart

ich
brech
dich
doch
noch

liebervaterbittebiegmichlieber

naturgedicht

heu
see

spruch mit kurzem o

ssso

lauter lauter lauter lauter lauter lauter leise leute

hörprobe

1

höherhören
höherhören
höherhören
höherhören
höherhören
höherhören
höherhören
höherhören
höherhören
höherhören

2

höhere hören
und daumen

höhere daumen
und hören

höhere hören
und höhere daumen

meine höheren daumen
meine höheren hören

3

kennen sie mich herren
kennen sie mich herren
kennen sie mich herren
meine damen und herren

```
          c----------h
          c----------h
         ic----------h
         ic----------h
        dic----------h
        dic----------h
 c-----hdic----------h
 c-----hdic----------h
ic----------h
ic----------h
 c-------------------h
```

sehnsucht

wwwlllll
wwwlllll
wwwlllll
lllw
lllw
lllw
lollowo
lllllllw
lllllllw
lllllllw
:b
b:
lollowo
b:
:b
wwwlllll
wwwlllll
lllllllwwwwwww

da busch

buschda
da busch
buschdada busch
buschdada
buschdabusch buschda
buschdadada
buschdabusch buschdada buschdadada
buschdadadada busch
da buschdadadada
da
daa
daaa
daaaa
daaaaa
daaaaaa
daaaaaaa
buschdabusch buschbuschbusch buschdada
buschdabusch buschdada
buschdada
bsch

der bettler

dabett dabett dabett
dlllllllllllllllllla
dabett
dlllllllllllllllllla
dabett dabett dabett
dlllllllllllllllllla
dabett
dllllll
dllllll
dabett
dlllllllllllllllllla
dlllllllllllllllllla
dllllll
dlllllllllllllllllla
dabett
dlllllllllllllllllla
dlllllllllllllllllla
dabett
dllllllllllllllllll
llla

restaurant

blllllllllllllllmmmmm
mmmlllllmmmlllllmmmmm
s--c--h c--h s--c--h c--h s--c--h c--h
tsch
pfffffffffp
pfffffffffp
blllllmmmmmmmmmmmrrr
ts
ts
gs-----c-----hbwwwwww
wwwwwws-----c-----hgb
aabla
gnnnnnnnnnnnnnnnnnnnn
gnnnk
fffptst
rrrrdrrrrrr
blllnnbnnnblllnnbnnnblllnnbnnn
oj
g ptt g ptt g ptt
fffffwwwfffff
lllllt lllllt lllllt lllllt lllllt
kc--hll
aabla
snnn snnn snnnksnnn
lll

im reich der toten

nnnnnnntschn
nnnnnnntschn
nnnnnnntschn
glawaraaaaaaaaaa
üiiiiiiiiiiiiiiiiiiiii
glawaraaaaaaaaaa
blaaauuuuuuurrruuuuuuurrruuuuuuurrruuuuuuu
glc--------h
dnnnnnnnnnnn
dnnnnnnnnnnn
dnnnnnnnnnnn
c---c---hfffffs---c---hfffffs---c---hfffffs---c---hfffffs---c---h
glllrrrrrrrrrr
glllrrrrrrrrrr
schllllllltnnn
fffffds--c--h
nnnrrrrrrrrrr
nnnrrrrrrrrrr
nnnrrrrrrrrrr
nnnrrrrrrrrrr
nnnrrrrrrrrrr

porträt eines mädchens

blond

bllllllllllllllllllllllllllllllllllllll

auäugig

```
                         s
                        /
                       /
                      /
                     /
                    /
                   /
                  /
                 s
                /
               /
              /
             /
            s
           /
          /
         /
        s
       /
ssssss
```

irene

amt mit schwalben

btt
                              btt

         bttbttt
                                     btttbttbttbtt

         btt

                              btt

         btttbttbtt   btt   bttbttt

öööööööööööööööön
                         btt
                                   bttbttt
öööööööööööööööön
                         btt
                              üüüüüüüüüüöööööööööön
                                                   btt
                         btt
                                   bttbttt

         bttbttbtt
                                      btt

iiiiiiiiiiiiiiin
iiiiiiiiiiiiiiin btt
iiiiiiiiiiiiiiin
                              ooooooooooooooon
                              ooooooooooooooon
                              aaaaaaaoooooooon btt

                        mmmmmmmmmmmmmmmmmmmmmmmmmmmmmmm
                        mmmmmmmmmmmmmmmmmmmmmüüüüüüüüüüüüüüüüüüüi

            bttbtt
                  btt

                              btt

            gnnnnnnnz   gnnnnnnnz   gnnnnnnnz

                                                           bttt

öööööööööööööööööööön

kneiernzuck

1

dem blauen paule graust vor faulen tauben. miau ruft:
blauer paule, schau: wau-wau. schnell versteckt den
rotes löffel.
wälz dich ins schnecke treibt paul den federn aus den
augen. schnür mich mit der winsel. aber miau bläst
ins fette und scheinen schon die ersten droht. knicks
versucht er abzuwerfen.
dann tropfen als wär noch nichts geschehn.

2

wenn die leute fragen: wo
zeige hin und sage: so

3

rasig so rosig rassig so rossig ras ich so ros ich rass
ich so ross ich rase ich so rose ich rasse ich so rosse
ich rasen ich so rosen ich rassen ich so rossen

4

hr udo vepp galv yhs zitt oya zb. sceny oit fozz juegpa.
gir! ouz luff pak? mox . . .
teo zk aufprall bmm

5

sein. werde das monat dachte. dann sich kennt wie keine
abteil. emil tür und sie nicht. und sie und wir haben,
auf jedes sie und fuhr in geschluckt.
bin. nicht mal ich ihm gesagt den sie. haben hat ihn aus
er es. nimm sie zu ich. der der emil draußen ihr die
schmalen, soll ich die ist wort ich sie. mir sagte meinen
nein, ich als noch da vorjahr sage zu er.
hat nachdem emil emil.

6

well said john this is it said john this is it john
this is it this is it is it it it is it is this it is this
john it is this john said it is this john said well

7

thereisnotonewhowon

8

blut zum gruß.
engel sind henkel.
ausspucken erboten.
sterben ist gesund.

9

auflehnung in. autokannibalismus. in sich gestülpt
verharren. ego-eater.
egon ißt. sich in sich hinein auflehnen. warnen und
tafeln. (»warneln«.) – jeder ißt für sich allein.
egon mond : ein stück. und jetzt ein stück egon
mond. beware of sepsis.
leiden schaft leiden (schafen, to sheep).

10

er wußte nicht was er dachte wenn er dachte was er nicht
wußte.

11

die sonne geht auf und zu.

darstellung einer beerdigung

er hat sehr geschmiert und bekommt heute nichts aufs brot
zweimal jährlich spricht er sehr geläufig
ab zwei wurde sehr gesoffen
die form hat seinem gaumen sehr geschmeichelt
keiner war sehr gereizt
jetzt müssen alle sehr gelassen bleiben
wo bleiben hat der vater sehr gejammert
das telefon hat sehr geklingelt
wieviel magen fragte er sehr gefaßt
bei ihm ist sie sehr geborgen
herr wolf hat es früher sehr getrieben
alles griff sich sehr gedrängt an
unter tränen wurde sehr geklatscht
das hörte sich sehr geschwollen an
der stärkste charakter hat sehr geschwitzt
der himmel hat sehr gefallen
der duft war sehr geschwind
der vater ist sehr gefragt
der säugling hatte sehr gefleht
selbst wer sehr gelobt wird fällt hinein
der vater hat auf dem tisch sehr gegrollt
das rebhuhn hatte sich sehr geirrt

um die särge irrt ein rebhuhn
sieht er auf dem tisch särge grollt der vater nicht mehr
wer särge lobt fällt selbst hinein
um särge fleht der säugling
gibt es särge fragt der vater
im duft der särge schwind ich hin
särge fallen vom himmel
beim tragen schwerer särge schwitzt der stärkste charakter
die särge schwollen an
auf die särge klatscht die träne
an särge drängt sich alles
die härtesten särge trieben wir durch den wolf
komm särge borgen
wieviel särge faßt ein menschlicher magen
statt der särge klingelt das telefon
wo bleiben die särge jammert der vater
einst müssen alle ihre särge lassen
daß mir keiner die särge reizt
die form der särge schmeichelt dem gaumen
zwei särge soffen ab
zweimal jährlich sind särge läufig
särge schmiert man nicht aufs brot

feilchen vür efa
eveu vür viala

gevrorenes vür efa
vlüssiges vür viala

efa vür viala
viala vür efa

vrühling vür fiele

fier fäter
vünv vrösche
fier vürsten

vahnen vliegen

vünv vrauen
fier fögel
vünv fielvrasse

vliegen vangen

oberflächenübersetzung

my heart leaps up when i behold
a rainbow in the sky
so was it when my life began
so is it now i am a man
so be it when i shall grow old
or let me die!
the child is father of the man
and i could wish my days to be
bound each to each by natural piety

(william wordsworth)

mai hart lieb zapfen eibe hold
er renn bohr in sees kai
so was sieht wenn mai läuft begehen
so es sieht nahe emma mähen
so biet wenn ärschel grollt
ohr leck mit ei!
seht steil dies fader rosse mähen
in teig kurt wisch mai desto bier
baum deutsche deutsch bajonett schur alp eiertier

steinbock

ein
bein
bockt
bei
einstein

ein
bockbein
neckt
einstein

keck
steckt
ein
stock
in
einstein

einstein
stockt

nickt

hünpisch

per hunp
qellt
wepelt
dißt
unp
schnuddert

a love-story, dringend

d dr dri drin ring inge ngen gend end nd d

der und die

kam der und die kam und die kam vor ihm ins tal und
das war der ort und die sah hin und her und tat das
oft und war müd und bös und wie eis und sah hin und
her bis der kam der ins tal kam und nun los und das
eis weg und der kam und der kam nah und kam ihr nah
und war bei ihr und war nah bei ihr und sah auf ihr
hin und her und die war wie für ihn war für ihn ist
was für ihn ist muß mit und den hut und wie der den
zog und zog aug bei aug auf ihr hin und her und ihr
kam der ist wie ein ist was das ist was das ist für
uns nun los und gib wie das eis weg süß und küß bis
ans end der uhr und tag aus aug und ohr weg nur gut
und naß und süß tau mit rum und nun los bot den arm
und gab ihm den und das ohr und das aug und süd und
ost und zog mit ihr mit ihm mit und das tor war los
und die tür und der tag weg mit eis und müd und wut
und hut und der ihr und die ihm und sog kuß aus kuß
und hob und lud sie auf das ist gut ist für uns und
los und ihn biß und der riß und zog und die ihn und
bot ihm naß und süß tau mit rum und sog was der und
der lag auf ihr und zog und tat und riß und biß und
sog und ihr arm und das aug süd und das ohr die tür
zur see und das amt aus und tot und wer vor mir ist
weg ost weg nur ich auf hin und her hin und hin her
hin her hin her bis rot und süß und wut die see ins
tal riß und goß und den ort naß und müd lag auf uns

zwei bräute : ein deutsches denkmal

goethe:

komm und stirne mich mein kind
denn ich habe viele stellen
unter denen keine sind
die nicht aus dem herzen quellen

schiller:

komm und herze mich mein kind
denn ich habe viele stellen
unter denen keine sind
die nicht aus der stirne quellen

egmont : ein stück

:
:
:
:
:
:
:
egmont :
klärchen :
egmont :
klärchen :
egmont :
klärchen :
: aaa
: o
: aaaaa
: ooo
: n
: o a
: mmmmm
: pf
egmont :
klärchen :
egmont :
klärchen :
egmont :
klärchen :
: uuuuu
: b
: u u
: biii
: oa
: bii bii
: ffp
: glll
egmont :
: masturbiert
: pf
klärchen :
: o

egmont :
: o a
egmont :
: ißt käse
: mmmmm
klärchen :
: n
egmont :
: masturbiert
klärchen :
: ooo
egmont :
: aaaaa
: aaa
:
:
:
:
:
:
egmont :
: b
klärchen :
: läutet
: bii bii
egmont :
: biii
egmont :
: uuuuu
klärchen :
: läutet
: u u
egmont :
: glll
klärchen :
: masturbiert
: ffp
egmont :
: oa
:
:
:
:
:

:
klärchen :
: mmmmm
egmont :
: ißt käse
: n
klärchen :
: aaa
egmont :
: ißt käse
klärchen :
: aaaaa
klärchen :
:
egmont :
: o
: ooo
: o a
egmont :
: masturbiert
klärchen :
: pf
:
:
:
:
:
:
egmont :
: läutet
: bii bii
klärchen :
: masturbiert
: biii
: glll
: b
: oa
: uuuuu
klärchen :
:
egmont :
: läutet
: ffp
: läutet

: u u
: läutet
egmont :
:
klärchen :
: ißt käse
:
:
:
:
:
:
: mit musik
:
:
:
:
:
:
egmont :
: läutet
: ißt käse
: masturbiert
klärchen :
: masturbiert
: ißt käse
: läutet
egmont :
: ißt käse
: masturbiert
: läutet
: läutet
klärchen :
: ißt käse
: läutet
: masturbiert
: masturbiert
klärchen :
: o
: ooo
: aaa
: aaaaa
: o a

egmont :
: n
: pf
: mmmmm
:
klärchen :
: b
: glll
: ffp
egmont :
: uuuuu
: u u
: oa
: biii
: bii bii
klärchen :
:
egmont :
:
:
:
:
:
:
:
:
:
:
:
:
:
:
:
:
:
:
:
:
:
:
: finis

kommen sie mit mühe
kommen sie mit mühe
kommen sie mit mühe
                                        viel leucht
kommen sie mit mühe
kommen sie mit mühe
kommen sie mit mühe
                                        acht neun

loch
loch
loch doch
so loch doch
so loch doch schon
so loch doch
loch doch
loch

üch loch müch kronk

buchstabierdialog

: S.T.S.T.S.T.S.T.E.

: H.B.
K.N.E.
Z.

: S.T.S.T.S.T.S.T.E.

: H.B.
H.E.T.
K.N.E.
Z.

buchstabiermonolog

B.H.G.K.N.M.
B.H.G.K.N.M.
B.H.G.K.N.M.

K.N.M.B.H.G.N.
K.N.M.B.H.G.N.
K.N.M.B.H.G.N.

K.N.R.B.H.G.N.
K.N.R.B.H.G.N.
K.N.R.B.H.G.N.

B.H.G.K.N.R.
B.H.G.K.N.R.
B.H.G.K.N.R.

gespräch

gab er zur antwort
fragten sie

gab er zur antwort
fragten sie

gab er zur antwort
fragten sie

gab er zur antwort
fragten sie
gab er zur antwort

sie

siehe unten
siehe oben
siehe unten
siehe oben
siehe unten

siehe oben *)
siehe unten **)
siehe oben

*) s. u.
**) s. o.

al
pha
bet
cal
pha
det
el
pha
fet
gal
pha
het
il
pha
jet
kal
pha
let
mal
pha
net
ol
pha
pet
qual
pha
ret
sal
pha
tet
ul
pha
vet
wal
pha
xet
yl
pha
zet

zwanzig klavierstücke

1) kl 2) la 3) av 4) vi 5) ie 6) er 7) kla 8) lav
9) avi 10) vie 11) ier 12) klav 13) lavi 14) avie 15)
vier 16) klavi 17) lavie 18) avier 19) klavie 20) lavier

24-tägiger juni

juni
juoi
jupi
juqi
juri
jusi
juti
juui
juvi
juwi
juxi
juyi
juzi
juai
jubi
juci
judi
juei
jufi
jugi
juhi
juii
juji
juki
juli

nein

nein

nein

nein

nein

nein

nein

(beantwortung von sieben nicht gestellten fragen)

flamingo

```
flam      men
    in
      go home
           men only
      go home
    in
flam      men
```

(flam: sham, deceitful trick, lie;
       nonsense; kind of flourish
       on drum)

harte vögel

für hitchcock

granit
gragranitnit
gragragranitnitnit
gragragragranitnitnitnit
gragragragragranitnitnitnitnit
gragragragragragranitnitnitnitnitnit
gragragragragragragranitnitnitnitnitnitnit
gragragragragragragragranitnitnitnitnitnitnitnit

schmerz durch reibung

frau
frfrauau
frfrfrauauau
frfrfrfrauauauau
frfrfrfrfrauauauauau
frfrfrfrfrfrauauauauauau
frfrfrfrfrfrfrauauauauauauau
frfrfrfrfrfrfrfrauauauauauauauau

die zeit vergeht

lustig
luslustigtig
lusluslustigtigtig
luslusluslustigtigtigtig
lusluslusluslustigtigtigtigtig
luslusluslusluslustigtigtigtigtigtig
lusluslusluslusluslustigtigtigtigtigtigtig
luslusluslusluslusluslustigtigtigtigtigtigtigtig

arie

```
wohinbi stduw ohi n
        bi stdu
wohinbi st
              duw ohi n
        bi st
              du
wohinb istd uwoh in
        b istd u
wohinb ist
              d uwoh in
        b ist
              d u
wohin bis tduwo hin
        bis tdu
wohin bis t
              duwo hin
        bis t
              du
wohi nb istduw ohin
        b istdu
wohi nb ist
              duw ohin
        b ist
              du
woh inbis tdu wohin
        bis tdu
woh inbis t
              du wohin
        bis t
              du
wo hinb istd uwohin
        b istd u
wo hinb ist
              d uwohin
        b ist
              d u
w ohi nbist duwohin
        bist du
w ohi nbist
              duwohin
        bist
              du
```

gesten : ein spiel

feucht euch des klebens

1

kreisel
k reise l
k reise l
k   reise   l
k   reise   l

glaube
g laub e
g laub e
g   laub   e
g   laub   e

pendel
p ende l
p ende l
p   ende   l
p   ende   l

2

anglikanisch

für einen piss-hof

bluesy
b lues y
b lues y
b   lues   y
b   lues   y

3

für eartha kitt

werden
w erde n
w erde n
w   erde   n
w   erde   n

4

omo
o m o
o m o
o   m   o
o   m   o

5

für mack the naiv

kerl
k er l
k er l
k   er   l
k   er   l

kunst
k uns t
k uns t
k   uns   t
k   uns   t

wanderung

vom vom   zum zum
vom zum   zum vom

von vom zu vom

vom vom   zum zum

von zum zu zum

vom zum   zum vom
vom vom   zum zum

und zurück

modell einer einfachen strophe

die strophe
diestrophediestrophe
derkontaktderkontakt
diestrophederkontakt
der kontakt

der nerv
dernervdernerv
daswortdaswort
dernervdaswort
das wort

das paar
daspaardaspaar
dienahtdienaht
daspaardienaht
die naht

die achse
dieachsedieachse
dasspieldasspiel
dieachsedasspiel
das spiel

das ziel
daszieldasziel
diespurdiespur
daszieldiespur
die spur

die milch
diemilchdiemilch
derglanzderglanz
diemilchderglanz
der glanz

der traum
dertraumdertraum
diehüllediehülle
dertraumdiehülle
die hülle

die watte
diewattediewatte
dasglückdasglück
diewattedasglück
das glück

das kind
daskinddaskind
derefeuderefeu
daskindderefeu
der efeu

der graf
dergrafdergraf
dasgrasdasgras
dergrafdasgras
das gras

das kabel
daskabeldaskabel
dienarbedienarbe
daskabeldienarbe
die narbe

die kurve
diekurvediekurve
derblitzderblitz
diekurvederblitz
der blitz

der draht
derdrahtderdraht
diewangediewange
derdrahtdiewange
die wange

die liebe
dieliebedieliebe
derknopfderknopf
dieliebederknopf
der knopf

der duft
derduftderduft
dasechodasecho
derduftdasecho
das echo

das bad
dasbaddasbad
dienußdienuß
dasbaddienuß
die nuß

die ader
dieaderdieader
derfilmderfilm
dieaderderfilm
der film

der gummi
dergummidergummi
diewolkediewolke
dergummidiewolke
die wolke

die rose
dierosedierose
dasbierdasbier
dierosedasbier
das bier

das klima
dasklimadasklima
derpsalmderpsalm
dasklimaderpsalm
der psalm

der spiegel
derspiegelderspiegel
dieklammerdieklammer
derspiegeldieklammer
die klammer

die säge
diesägediesäge
dergrußdergruß
diesägedergruß
der gruß

der wirt
derwirtderwirt
daslaubdaslaub
derwirtdaslaub
das laub

das mädchen
dasmädchendasmädchen
diemuscheldiemuschel
dasmädchendiemuschel
die muschel

die orgel
dieorgeldieorgel
dertriebdertrieb
dieorgeldertrieb
der trieb

der kuß
derkußderkuß
dasgasdasgas
derkußdasgas
das gas

das kreuz
daskreuzdaskreuz
diespulediespule
daskreuzdiespule
die spule

die drüse
diedrüsediedrüse
derprinzderprinz
diedrüsederprinz
der prinz

der zucker
derzuckerderzucker
dieraketedierakete
derzuckerdierakete
die rakete

die zunge
diezungediezunge
derkanalderkanal
diezungederkanal
der kanal

der knall
derknallderknall
diekehlediekehle
derknalldiekehle
die kehle

die kälte
diekältediekälte
dergriffdergriff
diekältedergriff
der griff

der kopf
derkopfderkopf
diehupediehupe
derkopfdiehupe
die hupe

die ziffer
diezifferdieziffer
derschneederschnee
diezifferderschnee
der schnee

der puls
derpulsderpuls
dasnetzdasnetz
derpulsdasnetz
das netz

das atom
dasatomdasatom
deratemderatem
dasatomderatem
der atem

der schlaf
derschlafderschlaf
dasschilfdasschilf
derschlafdasschilf
das schilf

--- ------

--- ------

die ruhe
dieruhedieruhe
dassalzdassalz
dieruhedassalz
das salz

sommer

grille
sense
gras
sense
grille

sense
gras
sense
grille
sense

gras
sense
grille
sense
gras

henne

eil
brüt
licht
brüt
eil

brüt
licht
brüt
eil
brüt

licht
brüt
eil
brüt
licht

leben eines q-hirten

z euter
y euter
x euter
w euter
v euter
u euter
t euter
s euter
r euter
q euter
p euter
o euter
n euter
m euter
l euter
k euter
j euter
i euter
h euter
g euter
f euter
e euter
d euter
c euter
b euter
a euter

sonnenuhr

/ u n d i a l
s / n d i a l
s u / d i a l
s u n / i a l
s u n d / a l
s u n d i / l
s u n d i a /

names

fowl
fred owl
fox
fred ox
fred
fred red
harp
hans arp

film
film
film
film
fi m
f im
fi m
f im
f m
fl m
f im
f m
flim
film
flim
film
f lm
f lm
fl m
f lm
fl m
f m
f lm
fl m
f m
f lm
f m
fl m
f lm
fl m
fl m
fl m
fl m
fl m
fl m
flim
film
flim
film
flim
film
flim
f m
film
f m
flim
film
flim
film
film
film
film
film

reise

nach
nach
nach
nach
nach
nach
nach
nach
nach
nach
nach bayayayayayayayayayayayayayayayayayayayayayayern
nach
nach
nach
nach
nach
nach
nach
nach
nach
nach

```
               e
              ee
             eee
   ooooooooooöööööooooooo
```

Autobiographische Ansätze

1

Daß dieses Leben keine Geheimnisse birgt – welches denn täte es? –, jedoch genug, das mir die Zunge lähmt, die Kehle schnürt . . .
Wovon also ließe sich berichten? Einzig doch von Gedichten, solange sie nicht darangehen, ihren Autor in Stücke zu reißen. Er drückt sie an sich, und er hält sie zugleich von sich ab, indem er sie auf Wege befördert, auf die er selbst den geringsten Einfluß besitzt, hinaus zu den Menschen. Dort dann zeigen sie sich in ihrer je eigenen Gestalt und lassen sich vernehmen in ihrer je eigenen Sprache, und vergessen, wenn es nach seiner Absicht geht, ihren Autor.

2

Das Leben kann sehr kahl sein, sagt der lange Streifen, der nur aus »nur nur« besteht. Der Filmstreifen mit den beiden Akteuren i und l ist da um einiges lustiger, obwohl auch er eine lange traurige Sequenz enthält, ehe das i plötzlich wieder anwesend ist und beide einander fröhlich umtanzen. Für mich ist das l ein Mann und das i eine Frau; aber das ist nicht bindend.

3

Ein Titel wie *Laut und Luise* kommt nur einmal im Leben, und man hat auch nur einmal im Leben eine Mutter, die Luise heißt. Als mit zwei Jahren Abstand 1968 die *Sprechblasen* folgten, hatte ich für diese Sammlung zuerst den Namen »Flugschlüsse« vorgesehen, aber schon im Vertrag hatte man dafür das Wort »Flugschüsse« eingesetzt, woran ich gewiß nie gedacht hatte. Der Anklang an »Trugschlüsse« war mir bewußt, doch er wurde von mir nicht überschätzt. Ich ließ mich überzeugen, daß ich einen schwer eingängigen, nicht leicht zu behaltenden Titel vorgeschlagen hatte, und verfiel nach längerem Abwägen auf »Sprechblasen«, was sogleich akzeptiert wurde. Ich galt ja inzwischen als »Sprecher«.

(»Flugschlüsse« sollte das Ende von Flügen bezeichnen, so wie mit jedem einzelnen Gedicht, und schließlich allen insgesamt, ein Fliegen zu Ende geht, hart oder weich, oder mit Aufprall und Zerschellen.)

4

Mach den Mund auf! hieß es von Vater und Mutter, nicht wenn ich essen sollte, sondern um mich das deutliche Sprechen zu lehren, und so bin ich viele Jahre später zu den Sprechgedichten gelangt, von denen die *Sage* geht, keiner außer ich selbst könne sie sprechen, und nach deren Vortrag durch mich ich zuweilen die Frage nach einer besonderen Sprechausbildung oder die lächerliche nach einem Einüben vor dem Spiegel zu beantworten habe. (Die *Sage* konnte mir nicht gefallen, wenn es in meiner Absicht lag, daß meine Gedichte, einzelne, meine Stimme überleben sollten. So nämlich hatte ich das Schreiben von Gedichten, nach frühem Beginn, alsbald gesehen, daß dadurch etwas entstehen sollte, das vom Schreiber sich ablöste und selbständig wurde, nicht nur um anderen Ortes, sondern auch um noch einige Zeit *nach* ihm wirksam zu sein, ehe auch es allmählich in die Finsternis zurücktreten würde. Das mögen mir einige, die es erst jetzt erfahren, als unzeitgemäßes und sentimentales Motiv ankreiden und somit eine Enttäuschung erleben an dem, den sie sich unter mir bisher vorgestellt hatten.)

5

Daß es die Mutter war, die mit Gedichten begann, worauf der Knabe, imitierend, alsbald seine eigenen schrieb und eine Absicht fürs Leben faßte, und daß der Vater zeichnend und malend ebenfalls für die Kunst warb, wurde von mir wiederholt gesagt, und die nochmalige Wiederholung rührt jetzt an nichts.

6

Daß das Erzeugen von Poesie allmählich in den Mittelpunkt unserer Leben rückte, bewirkten Friederike Mayröcker und ich seit dem Beginn unserer Freundschaft aneinander gegenseitig. Während wir nun fast ein Vierteljahrhundert Hand in Hand dahinschreiten (wobei nicht verschwiegen werden soll, daß sie mich zuweilen wie einen ungezogenen Jungen hinter sich herschleppen muß), ist ihre Kraft und Zuversicht gewachsen, und ihre Dichtung hat, von *Tod durch Musen*, 1966, bis *Heiligenanstalt*, 1978, eine meinen Hals ausrenkende Höhe erreicht, die so sehr weiter zu steigern ihre Absicht ist, daß sie das Alter von 150 zu erreichen proklamiert hat.

7

Ich wurde am 1. August 1925 in Wien geboren und am 15. desselben durch Taufe römisch-katholisch. Von meiner Mutter besitze ich ein Testament vom 20. Juli 1925, worin es heißt: »Mein letzter Wunsch ist ferner, daß mein Gatte zugleich der Vormund des Kindes ist und daß für die Erziehung des Kindes in einer guten, katholischen Anstalt Sorge getragen werde. Sollte das Kind gleich mir bei der Entbindung oder später sterben, so hinterlasse ich alles, was ich besitze, das Schlafzimmer, Schmuck, Kleider, Wäsche, das gemeinsam ersparte Geld, den mir mündlich zugesprochenen Salon und das Weichholzzimmer meinem Gatten.«

8

Mit sieben hing mein Leben an einem Faden, als ich nach Masern Wassersucht und Nierenentzündung mit urämischen Erscheinungen bekam und wochenlang auf dem Bauch liegen und alles ohne Salz essen mußte, aber es kam dann nicht wie mit dem kleinen Guido über den ich ein Buch gelesen hatte das seine Mutter geschrieben hatte um für alle aus ihm einen kleinen Heiligen zu machen, sondern meine Mutter betete mich gesund und hatte auch ein Fläschchen mit Lourdeswasser für mich besorgt, obwohl sie gewußt haben mußte warum wir zum Abendgebet immer sagten: laß mich lieber sterben als eine Todsünde begehen, wozu damals noch die Gelegenheit bestanden hätte, und keiner hätte dann jemals von meinen Gedichten erfahren, die ja die meisten erst viele Jahre später kamen, und es hätte keine Lücke gegeben und niemand hätte etwas gefehlt.

9

Anläßlich des Todes meiner Mutter ließ mein Vater ein Gedenkbildchen mit einem Porträt der hl. Theresia v. K. J. (eine Zeichnung von Eugen Altrogge) drucken, das auf der Rückseite folgenden Text trägt:

Wir wandern weh, wir wandern still,
Wir wandern so, wie Gott es will.
Die Erden ist hart, das Leid ist nah –
Für jeden gibt es ein Golgotha.

Wir tragen Lasten und dürfen nicht rasten,
Wir sind die Brücken, schier alles will drücken,
Die Schultern sind wund, das Kreuz ist da –
Für jeden gibt es ein Golgotha.

Wir wollen nicht sinken, denn drüben winken
Die ewigen Sterne der himmlischen Ferne.
Wir sind geborgen, der Heiland ist nah
Für jeden, der wandert nach Golgotha.

Luise Jandl, geb. Rappel, die diese Verse schrieb, war geboren am 3. Dezember 1902 zu Wiener-Neustadt und starb am 6. April 1940 zu Wien als Gattin von Viktor Jandl und Mutter der drei Söhne Ernst, Robert und Hermann. Den jüngsten hatte sie zwei Monate vorher auf die erste hl. Kommunion vorbereitet und zum Tisch des Herrn geführt, dem sie selber täglich sich in großer Andacht nahte. Sie starb, versehen mit den hl. Sakramenten, heiligmäßig, wie sie gelebt hatte. Die Hinterbliebenen bitten um ein Gebet für sie. Jesus! Maria! Joseph! Aloysius!

10

Ihre acht Jahre währende, zum Tod führende Krankheit, Myasthenia gravis, steigerte nicht nur ihre Religiosität ins – wie mir damals schien – Maßlose, sondern ließ sie auch mit dem Schreiben beginnen, erst von kurzer Prosa und dann zunehmend von Gedichten. Das erste, was sie von dieser Krankheit merkte, war, daß sie eines Tages beim Kämmen die Hände nicht hinauf bis zum

Kopf brachte, und dann kamen und gingen alle möglichen Symptome, so daß es immer wieder ein paar Tage oder Wochen die Hoffnung gab nun sei alles überstanden aber das war es nicht, und es gab auch die Tage an denen sie nur mühsam sprechen konnte, nämlich so als ob ihr ein Kloß im Mund steckte. Trotz ihrer körperlichen Beeinträchtigung tat sie, infolge wachsender wirtschaftlicher Schwierigkeiten nur fallweise von einer Putzfrau unterstützt, die Haushaltsarbeit für fünf Leute praktisch allein, auf der Anrichte (»Küchenkredenz«) zwischendurch ihre Einfälle notierend, aus denen dann (wann eigentlich?) ihre Gedichte und Prosatexte entstanden.

11

Mein Vater (1894–1973), als Bankbeamter bis zur Wirtschaftskrise in einem gesicherten Beruf, dann von Lohnkürzungen betroffen und von Abbau bedroht, war ein leidenschaftlicher Zeichner und Aquarellist und betrieb diese Kunst nahezu sein Leben lang, als Autodidakt und Realist – er zeichnete und malte vor dem Objekt – und mit geringer Beziehung zu den radikaleren Erscheinungen der Malerei seiner Zeit. Den literarischen Arbeiten meiner Mutter widmete er sich mit Hingabe. Gegen das, was ich später schrieb, hatte er Vorbehalte – *Andere Augen*, 1956, meinen ersten Gedichtband, kommentierte er, freundlich und ein wenig verlegen, als für ihn zum Teil nicht verständlich. (Über Erfolge, viele Jahre danach, freute er sich; zu den Texten, nun radikaler, äußerte er sich mir gegenüber selten.) Meine Mutter setzte seinem Zeichnen und Malen durch den Kauf eines Fotoapparates für Jahre ein Ende. Vordem war er nach dem Büro vor Motiven im Freien gesessen; seine Fotomotive fand er, daheim und im Urlaub, innerhalb der Familie, mit dem Badezimmer als Dunkelkammer – Fesseln, die er als solche vermutlich kaum spürte. Auch die Fotografie betrieb er als Kunst, und Kunst ging ihm über alles, nahezu (verbrachte er doch sein Leben hinter Bankschaltern *für uns*); und ihr ebenfalls ging Kunst, als sie es einmal begonnen hatte und die ersten bescheidenen Erfolge sich einstellten – Abdrucke in Zeitungen und Zeitschriften –, nahezu über alles; außer der Religion und der Familie, für die beide zu kämpfen sie bereit war »wie eine Löwin« (ihre Worte).

12

Ihr Tod, dessen Unzeitigkeit ich heute tief bedauere, beendete meine Erziehung mit dem Alter von 14. Ich hielt fest an der Idee des Schreibens, Hermann ebenso fand daran Halt und bewies sein Talent, und Robert, als Architekt, erreichte von uns dreien nicht nur den größten materiellen Erfolg, sondern auch, als bisher einziger, eine Familie, mit zwei wohlgeratenen Söhnen.

13

Keiner ist geladen, seine Geburt zu begrüßen, und wenig fordert mich nach 53 Jahren auf, mich zu meinem Leben zu beglückwünschen. Mit seiner eigenen Vergangenheit nicht leben zu können, erfordert die Abschnürung des Gedächtnisses und die Fernhaltung aller Gegenstände der Erinnerung. Paradox muß es unter solcher Voraussetzung anmuten, dennoch mit seinen Gedichten leben zu wollen, und zwar nicht bloß mit den jeweils letzten, sondern mit der Gesamtheit der bisher erzeugten und konservierenswert befundenen. Das konnte nur durch den Willkürakt der Beseitigung ihrer zeitlichen Distanz zum jeweiligen Jetzt des Autors geschehen, durch ihre Versammlung an einem einzigen in Reichweite liegenden Punkt, durch Verdeckung ihrer Datierung und Auslöschung jedweder Chronologie – durch eine Fiktion also, die jederzeit in sich zusammenbrechen mag, um eine stöhnende, klagende, hämmernde, stampfende Meute von Greisen bis Jünglingen auf den Autor loszulassen.

Wien, im November 1978

Inhalt